태양과 행성

태양과 행성

김현우 시집

좋은땅

추천하는 글

　현우는 제자라는 호칭이 오히려 겸연쩍을 정도로 도리어 내게 영감을 주는 작가로서, 덕분에 교학상장(教學相長)의 의미를 되새기곤 한다.

　교사의 시선으로 바라보는 김현우는 섬세하다. 뜨거웠던 지난여름, 말라 가는 호수처럼 마음의 여유가 고갈되어 있었다. 교사로서 학생들에게 드러내지 않으려 했지만, 내색하지 않을수록 날카롭게 깎은 연필심처럼 점점 위태로워졌다. 아슬아슬했던 내 감정은 현우의 뜬금없는 "선생님 힘드시죠?"라는 위로에 비로소 촉촉하게 되었다. 당시 필요했던 건 내 마음을 알아주는 사람이었나 보다. 어떻게 알아챘을까?

　독자의 시선으로 바라보는 김현우는 인간적이다. 전작『벚꽃 추락』에서 시인 김현우의 시 속에는 소외된 존재에 대한 관심과 일상에 대한 위로가 보였다. 모두가 분홍빛 아름다운 벚꽃에 주목할 때 그는 떨어져 얼룩진 벚꽃을 살펴본다. 반복되는 일상 속에서 본의 아니게 감정을 외면하는 이들에게 그는 "수고했다."라고 한마디 건넨다.

어른이 되고 싶다는 김현우의 글에 과연 어른과 아이의 경계는 무엇일지 사색에 잠긴다. 우리 모두 삶의 연속적인 과정을 살면서 그 일부를 때론 아이로, 때론 어른으로 표현한 것이지 않을까? 교사가 아닌 시를 사랑하는 독자의 입장으로, 중학교 3학년 어린 나이의 학생이지만 어엿한 한 명의 시인인 김현우 시인의 두 번째 시집 발간을 축하하는 바이다.

- 신민섭 선생님 (중3 담임선생님)

중학교 1학년 현우가 시로 수상했다는 소식을 듣게 되었고, '중학생 시인' 제자가 생긴 것이 나에게도 흐뭇하고 대견한 기억으로 남아 있다. 그때 접하게 된 『벚꽃 추락』은 아직도 신선하고 기분 좋은 충격으로 내 마음속에 자리 잡고 있다. 아름다운 고뇌를 담은 이 시집은 독자들에게 때로는 영감을 주고, 때로는 위로가 될 것이다. 앞으로도 현우가 펜을 놓지 않고 환희, 감탄, 고민이 담긴 시들을 세상에 선보이길 바란다.

- 이나래 선생님 (중1 담임선생님)

　　삶이 부조리할지라도 현우의 마음속에서 솟아 나오려는 것, 그것을 살아 보길 바라!

- 최성란 선생님 (중2 담임선생님)

🌙 작가의 말

    내가 성장하는 걸 느낀다. 예전에는 빨리 어른이 되고 싶었다. 그러나 그것이 참 힘든 일이라는 걸 알게 되었다. 나는 지금 아슬아슬한 징검다리를 건너고 있다. 이 시간이 나중에 꺼내 볼 수 있는 아름다운 추억이 되길 바라며…

2023년 11월

김현우

☾ 목차

Ⅰ. 위로와 아픔은 함께

Ⅱ. 모든 길은 일상에서부터

III. 찰나의 기억, 뜨거운 성장

위로와 아픔은 함께

태양과 행성

밤하늘을 올려다보면
달 주위에 수많은 별들이
움직인다

아무 말도 하지 않는
별이지만

귀 기울이면 나지막이
그들의 목소리가 들린다

조금 더 들여다보면
태양과 행성들이 보인다

태양 주위를 행성들이
뚜벅뚜벅 맴돈다

저 행성들은 태양이 원망스럽지 않을까
밉지는 않을까

그들의 시간은 태양을 위한 시간일까
그들의 자리는 태양을 위한 자리일까

그들의 길은 주인공의 레드 카펫
그들의 하늘은 구석의 낡은 천막

그렇기에
그들에게 필요한 건 더 많은 공감 아닐까

작지만 여럿이서 함께 빛나는 별처럼
소박한 위로를 받고 싶은 것 아닐까

한 별의 이야기

짙은 어둠이 덮친 밤하늘

형광빛 달 주위에
셀 수 없을 만큼 많은
별들이 반짝인다

밝게 빛나는 별
어른같이 장성한 별
오랫동안 장수한 별
별자리로 기록된 별

참 많은 별들,
참 잘난 별들 틈에
저 별은

얼마나 부족하기에
얼마나 보잘것없기에
이렇게 버려진 걸까

그런데 왜 난

키 작은 저 별이

가장 아름다울까

공전

주위를 맴도는 세월
느린 것 같으면서도
빠르다
빠른 것 같으면서도
느리다

어지러운 날 두고
빙글빙글 도는 시간

두 갈래로 공전하는
시간을 보며

자전하는 나는
더 큰 혼란에 빠진다

가끔은 그 궤도를
완전히 벗어나고 싶지만

어쩌면 다시 오지 않을
기회를 붙잡기 위해
버틴다

놓쳐 버린 기회가
광활한 우주로
날아가 버릴 것 같아서
일단 머물러 본다

매미

한 편의
흑사병 같은
매미 몸뚱아리들

떨어진 날개

한 땀 한 땀 만든
날개잎

얼마 날아 보지도 못한 채
아스팔트 거름 될 줄
그도 알았을까

그 가족도
떨어진 이의 절규를 아는지
목청껏 노래한다

나무에 붙은 매미 번데기

그 오랜 기다림의

흉터

또 한 편의 단편 영화,

그 무더운 끝을 추억하며…

벚꽃잎

봄이 되었다
벚꽃이 피고 떨어진다

떨어진 벚꽃잎을 고이 담아
책상 위에 놓는다

무엇보다 밝고
눈부시게 아름다웠던
그 꽃잎은

하루가 지나고
이틀이 지나고
사흘이 지나자

완전히 말라비틀어졌다

분홍빛 동심으로
나를 설레게 했던,

일주일의 시간이 지나자

그대로 끝나 버린,

불쌍한 그 벚꽃잎

플랑크톤

무엇에 취해
미친 듯이 헤엄치다가

문득

돌아가기엔
너무 늦었다는 것을
깨닫는 순간은

플랑크톤 같은 삶을
사는 우리에게

가장 비참한
순간

돌아설 용기도
파도에 맞설 힘도
잠시 쉬어 갈 여유도

물 위에 떠 있을 시간도 없는

우리는 그저
남의 눈빛이 두려워

몸을 움츠리는
수족관 속
플랑크톤인가 보다

피지 않을 것

비가 오고
꽃이 피고
새싹이 자란다

밟히기도 하고
고난의 시간도 있었지만

다신 피지 않을 새싹을 피운다

우리의 시간도 새싹을 피어 주지만
많은 뿌리들은 새싹인 줄도 모르고
어김없이 뽑힌다

아쉬운 마음에
땅을 탓하고
비를 탓하지만

묻혀 버린 운명은

감쪽같이 사라진다

분실

저 하늘 높이 올라가
저 땅 밑에 내려가

신선함이 묻어나는 여행
깨끗한 마음이 피어나는 휴식

운명 따위 무시하는
휴가를 즐기고 싶다

순환하는 일상 속 깊은 곳에서
날 잊어버리고
이름마저 까먹고 떠나간다

운명이란 굴레 속에
상처 같은 축복을 안고 살아간다

계속 늘어나는 달력 같지만
한 날짜씩 지우는 뿌듯함에 취한 채

모든 걸 잃어버렸다

잃어버린 나의 것
누가 찾아 줄까

독수리 같은 위엄 있는 날갯짓으로
내가 알 수 없는 곳,
그곳으로 날아가 버린 것은 아닐까

숨죽이며 나를 묶으며
찾아가지만

메아리 같은
내 다급함만 들려올 뿐이다

비교 향수

'부등호'라는 흉기를 들고
'비교'라는 칼춤을 춘다

검투사의 심정으로
요리저리 날뛰어 보지만

결국은 제자리

남을 밟고
행복함을 취하려 하지만

속만 썩이고 있었다

온갖 향수를 뿌리고
온갖 장식품을 걸쳐도

속은 새까맣게
변해 가고 있었다

내 얼굴도
잊어버린 채

항소

너무 억울해서
가슴 깊숙이 우러나오는
눈물 있어

위로 솟구칠 감정
아래로 뿌리내릴 원망
애써 감춘다

감춘다고 없어질 것도
잊는다고 사라질 것도 아니지만

조금은 나아질 것 같아

길고 긴 반항을 시작한다

길고양이 콤플렉스

가끔 길 거닐다가
나와 똑같은 처지의
길고양이 몇 마리 마주친다

때론 거침없이 다가가지만
때론 사람 보고 도망가고

평소엔 얌전하지만
가끔 주차장에서 사고 치고

새벽에는 야옹
저녁에는 생선 잡는 꿈꾸고

길에 나부끼는 고양이들과
일상을 나누는 난

사람일까 고양이일까

개 조심

넓게 뻗은
검은 지평선

모두가 하루의 상처를
노곤노곤 풀고 있을 때

난 상처를 문다

입을 막아 볼까
이빨을 뽑아 볼까

오늘 기억 묻은 입술,
옛 추억 녹아 있는 이빨
차마 건들 수 없다

난 가끔
입마개를 차고 싶다

더 이상 감정에

휩쓸리지 않게

절전 모드

나에게 허락된 공간
많이 부족하다

더 채우기엔 더 늘리기엔
턱없이 부족하다

빈 공간이 있긴 한 걸까
빠져나가는 공간만
있는 것 같다

전부가 바뀌고
내가 달라진다

여유로운 공간을
겨우 찾아
모든 것을 다
쏟아붓는다

부우고 부우고
또 부어도

늘 부족한 것 같다

고생

아침부터 달리는 하루
저녁까지 고됨만 있는 하루

뒤를 돌아보지 않았기에
가능했는지도 모른다

늘 그렇게 살아왔기에
여기까지 올 수 있었을지도 모른다

여기저기 부딪친 상처는
고운 흉터가 되어
남아 있을 것이다

가슴 아프고 쓸쓸해도
버틸 것이다

누군가의 고생이
나의 아픔이 될 수 있었겠지만

애써 외면했다

죄책감이 날 괴롭히지만
갈 길이 멀기에
힘껏 참는다

어디까지 갈 수 있을진
모르겠지만
일단 발걸음을 뗀다

얼굴의 깊이

옅은 미소 속 묻어나는
어제와 오늘

얼마나 힘들었을지
얼마나 고통스러웠을지

감히 내가 알 수 없어
침묵한다

왠지 안 될 것 같아 포기하고
더 무너질 것 같아 외면한다

그렇게 이것저것 다 지우니
남은 건 작은 기억 한 봉지뿐

양치질

또 소중한 하루를 보내고
우울한 날

컵에 물을 받는 만큼
행복을 받아 놓을 수 있길

칫솔로 씻어 내는 만큼
더러운 감정도 날아가길

헹구고 뱉는 만큼
간지러운 마음도 헹구어지길

금방 끝나는 만큼
쓸데없는 걱정도 얼른 끝나길

불평불만

나에게 세상을 맞추면
내가 부서진다

세상에 나를 맞추면
몸이 너무 꽉 낀다

맞지 않은 옷을 입으면
불편하듯이

맞지 않은 기억을 입을 때
내 마음도 타 버린다

그래서
가끔은 이런
불평불만 그만하라며

다그치는 소리에 귀 기울인다

지나가는 시간 속의 내가 아니라
내 속의 추억이었으면 한다

과한 기대인 걸 알면서도
쉽사리 마음이 진정되지 않는다

의탁

온전히 누리고픈 감정
이런 정신, 이런 상태로는
도저히 감당할 수 없을 것 같아

노래를 듣고
음악에 취한다

멜로디에 아픔을 의탁하고
가사에 사연을 넘겨준다

그래야 조금이라도
아프지 않게
이 시간을 견딜 수 있을 것 같다

속절없이 흘러간 시간이
원망스럽고 미워지다가도

가끔은 잊을 수 있어서

참 고맙다

딜레마

같이 지내다 보면
많은 페이지를 같이 나누게 되지
원하지 않아도

서로를 택한 적 없지만
이미 택해져 있었던 것

실컷 고기 먹다
뒤어금니 사이에
뭔가가 낀 느낌

잘 보이지도 않고
괜찮을 것 같지만

너무 불편한,

빼고 싶어도

어떻게를 모르는

바로 그 상황

부러움

격동적인 춤을 추는
그대여

목청 찢어지게 노래하는
그대여

즐거움으로 하루를 꾸미는
그대여

상처를 먼지 털듯 날려 버리는
그대여

눈빛마저 목소리마저
행복함에 묻어 나오는
그대여

나는 그대가
정말 부럽다

후회 예방법

가장 행복한 기억은
가장 자연스럽게 떠나가고

가장 잊고 싶은 기억은
가장 확실하게 마음에 박히고

가장 좋아하는 사람은
가장 애석하게 비껴가고

가장 소중한 시간은
가장 철없게 보낸다

아이

넌 사실 길 잃어버린 아이
니가 아는지는 모르지만
등 위에 한 날이 새겨진,
몸 안에 별의 주문이 깃든
외롭지만 행복한 아이

행복했던 건지
행복해야 했던 건지
숨길 수 없는 진심을
애써 감춘
용기 있는 아이

유리잔 같은 가슴을 안고도
도자기 같은 삶을 살았던 아이

난 그 아이가 너무 좋아서
위로조차 못 하고

떠오른 밤의 차가움을

온몸으로 흡수하다

그 아이로 적셔진다

삼투압

너무 예민해서일까
너무 감정적이어서일까

거리를 걷고
사람을 대하는 모든 게
다 벅차게 느껴진다

힘을 주는 사람이 되고 싶지만
사람에게 모든 힘 다 빼앗기는
보잘것없는 존재일 뿐이다

난 모든 걸 주고
모든 걸 받고 싶은데

서로의 농도가 달라
자꾸만 그쪽으로 흘러간다

손해인 걸 알면서도

아플 걸 알면서도

또 바람처럼
그 사람에게 다가간다

파도

너무 높이 솟아오른 건물들과
수축된 사람들을 피해

바다로 가고 싶다

끝없이 이어진 푸른 물결
시원한 향기를 풍기는 바람

저 끝은 어디일까
어디서 몰려온 바람일까

단호한 돌도 깨지게 하는 파도
정작 자기는 깨지지 않는다

그런 파도에 몸을 띄워 둥둥 떠다니고 싶다

말라 버린 나의 마음,
젖게 해 주면 안 되겠니

마침표

마침,
마침표가 없었다

그래서 더 이어 갈 수 있었다

중간에 실수로
점 찍었다면

가차 없이 끝났겠지

그런데 살다 보니

가끔은 그 마침표가
꼭 필요하겠더라

쓰임

빛을 내 주세요
잠깐이라도

짧지만 굵은
불빛 쏘아 준 뒤

한 마리 꿀벌처럼
사라져 줘요

피부에 박힌
침의 기운이
온몸에 퍼질 때까지

내가 힘든 하루를 보내고
묵묵히 집에 올 때

반짝이는 방을
볼 수 있도록

다음 날
집을 나갈 때도

밝게 쫓겨날 수 있게

눈금

항상 아슬아슬하게 산다

충만한 채로
가득 채운 채로

그러다

눈금을,
감정의 선을

살짝 넘을 때면

폭풍우 같은
일이 일어난다

두통

짜릿한 고통
약한 기억들 풍비박산

가끔 딴생각으로
뇌를 속이는 것도
안 먹힐 때

너가 쓰던 방법

비의 착각

비 뚝뚝
하늘이 고민에 잠긴 날

혼자 삭히긴 외로워서
인간들에게도 고난을 준다

온몸 덮은 우비
몇 년 된 낡은 우산

우산에 뚫린 구멍처럼
기분에도 구멍이 뚫리고

그렇게 번지수를
잘못 찾은 장맛비가 흘러간다

모든 길은 일상에서부터

4월의 피난

일주일 동안 이어진
똑같은 풍경

화려하지만
밋밋한 그림

한순간에 몰려온 바람에
수많은 꽃잎들이
풍비박산 도망간다

소리쳐 불러도
들리지 않을 만큼

거대하고 웅장한 피난

풍성하던 나무 곳곳에
빈 공간이 생겼다

바닥에 쓸쓸히 떨어진
작은 꽃잎들

한 번 폈다가
3일 만에 끊기는
꽃잎 같은 인생

작디작은
우리 삶인 것 같다

미(美)적 운동

가루처럼
눈처럼
설탕처럼
소금처럼

높은 곳에서
탈탈 떨어지는

아름답기 짝이 없는 운동

밤이여

나의 밤은 끝나지 않았는데
밤은 벌써 저물고

나의 길은 끝나지 않았는데
집으로 돌아오는 길은
싱겁게 끊깁니다

길을 오가는
수많은 사람들

표정 속에 숨겨 둔
진짜 마음은

나처럼
발끝으로 삭였나 봅니다

방범창

작은 가정집 창문
냉정히 걸터앉은
창살

가게부터 우체국까지
나란히 이어진 유치장

왜 이 세상은
닿을 수 있는
조그만 숨결조차
허락하지 않는지

밖에서 본 안 사람은
언제나 갇혀 있고

안에서 본 밖 사람은
언제나 시들어 있습니다

좁은 틈 사이,
햇빛은 들어오고
바람은 불어오고
달빛은 돌아옵니다

사람만 통과할 수 없는
애석한 틈

적잖은 핑계를 대고
밀어내기에

최적의 장소인 듯합니다

학교 쪼개기

거대한 학교를 쪼개면
끈끈한 반이 되고

반을 쪼개면
작은 그룹들이 생기고

아이들을 쪼개면
보잘것없는
자그마한 새싹들이
보인다

그들이 모여
서로를 가려 주고
뿌리로 엮어져

아름다운 산봉우리를
만드나 보다

반말

이 좁은 세상에서
우리 나눈 반말
무슨 뜻인지 몰랐습니다

깨어진 돌 틈
아름답게 피어난 반말 한 쌍이

차가운 얼음 다 녹이며
우리 사이 다시 붙여 줍니다

그렇게라도 하고 싶었던 말
도저히 -요 붙일 수 없어
반말로 지껄였습니다

그래도 후회 없습니다
그 반말
참 진실됐거든요

고해성사

가장 힘들 때
손을 내밀어 줬지만

가장 편할 때
자연스럽게 잊혀진 너

낮은음에서 받쳐 주고
높은음에서 놓아준 너

그런 등골 빼먹는 만남은
더 이상
양심 찔려 못 하겠다

관중

허리를 꺾고 엎드려
조용히 울고 싶을 때

주위를 맴도는
사람들

어디 구경 나왔나

위로로 상처받는 것이
너에겐 너무 아픈가 보다

아픔이 빨리 가시길
원래의 너로 돌아오길

분리수거

요즘 왜 이럴까
여기 붙었다 저기 붙었다

너무 많은 감정을 나누고
너무 많은 사람을 만난다

버려진 일회용 기억들로
뒤덮인 하루

감정의 분리수거가
제대로 되었다면

나는 오늘
진심일 수 있었을까

생각을 풀어 주고
끈을 느슨히 해 주었더니

은혜도 모르고

오히려

사방팔방 날뛰는구나

인심

갑자기 찾아온 밤
아직 남아 있는 감정
탈탈 털어 버린다

마지막 한 방울까지
알뜰히도 챙긴다

어김없이 흘러가는
어여쁜 추억 위에

오늘의 감정이 수북이 쌓인다

인심 좋게도
아끼지 않고
푸짐히 주신다

숲

파란 나뭇잎에
노란 벌레 나뒹군다

각자의 사연 들고 찾아온
미물들이

거대한 산봉우리
엮을 때

한 뭉텅이의
바람 되어
우릴 덮친다

여름 화채

고개 뻗은
게으른 산터 따라
걷는 길

신선한 바람이 쌓이고
낙오된 개미 몇 마리 뛰어다니고
각자 다른 계절 품은
풀잎과 지푸라기
여름 하늘 물들입니다

모난 길은 뭐가 그리 불만인지
사람 발목 잡고
가파른 언덕은
마치 우릴 놀리는 듯합니다

그래도 가끔 나타난 하늘에

누워 잠드는 일은

더운 여름날 가장 큰

행복입니다

관찰 일지

방학 첫날
여유로 한껏 멋 낸 하루

그런데
엄마의 삶은
왠지 달라 보인다

간만에 일광욕 즐기는 나무

짧은 여름휴가 놓칠까 봐
울어 대는 매미

모두 즐길 수 없나 보다

전쟁의 상처가
군인의 일상을 잡아먹듯

우릴 키우며 생긴 흉터가

엄마의 일상을 훔쳐 갔나 보다

조금 느려도 좋고
조금 부족해도 완벽하니까

훔쳐 간 일상
돌려주지 않으련?

빈 양말

그처럼 오랜 시간
함께한 양말

오늘 아침
가슴에 큰 구멍 뚫렸습니다

함께하고 싶지만
한 번 맺은 인연 계속 잇고 싶지만

가지면 가질수록
내가 더 불편해질 걸 알기에

정 없게도 떠나보냅니다

가장 힘든 시간을 함께한 만큼
더 절실하고

가장 기쁜 시간을 같이 나눈 만큼

더 그리운 것입니다

이젠 정말 잘 모르겠습니다

떠난 양말이 잘못한 것인지
눈치 없이 생긴 구멍을 원망해야 하는지
아니면
무심히 떠나보낸 날 미워해야 할지

벽

흰 벽에 많은 상처가 있다

옷걸이 걸 때 생긴 못 자국
낙서 지울 때 뜯겨진 부분
얼룩진 부분
참 많은 일을 겪었다

가엾기도 하면서
깊은 것을 경험한
그가 부럽다

고백 – 시에게

한 단어가 품은
온갖 경험

한 표현이 보여 준
뜨거운 감동

한 사람이 써 준
인생 지침서

한 글자 모여
웅장한 시 한 편 이루듯

그대 생각 곱게 모여
거대한 하늘 이루리

국물

비 오는 날
국물 우린다

여러 기억 넣고
추억 조미료 뿌린다
그리고 불을 켠다

어른들은 계속
기다리라고 한다

하지만 너무 오래 기다리면
태울 뿐 단맛이 나진 않는다

쓴맛 나는 국물
누구 작품일까

그래도-
자 이제 맛있게 먹어 보자

주전자

너무 힘들 때 대신
소리 내어 울어 줄 존재

행복할 때
누구보다 뜨겁게 반응해 줄 존재

어쩌면 그 존재는
우리 가까이에 있지 않을까

사람보다 정직하고
생각보다 따뜻한
그런 존재

한나라

한 사람을 사랑하고
한 노래를 듣고
한 기억을 품고
한 추억을 열어 보고
한 감정을 만끽하고
한 곳으로 출발하고
한 곳으로 돌아오고
한 음식을 먹고
한 옷을 입고
한 곳에서 자고
한 단어를 말하는 것

존경스러우면서도
버거운 의리

봉창

봉창 두드려라

물음표 지워지지 않게

더 세게 두드려라

더 말 안 되는 얘기하게

부서뜨려라

생각의 틀도 같이 날려 보내게

여름밤, 가을밤

반을 훌쩍 넘긴 시간
기대와 걱정이 엉켜
새로운 냄새가 피어오른다

매미의 장례식
치를 여유도 없이

가을이란 벅찬
손님을 맞아야 했던

8월 녘 귀뚜라미 한 쌍

그래서일까
가을밤은 길어지고
시끄러워지고
알록달록 물감으로 환복한다

낮잠 잘 여유도 없이

돌입한 감정의 불꽃놀이를 위해,

성대한 가을빛 이별을 위해

서울의 9월은

다혈질 하장군
빗물 속으로 스며들고

얼음장 동장군
이곳으로 납실 때

사람들 혼비백산
흩어지고

한 주먹 기억만 남았네

비정한 가을바람
그조차도 허락 않고
낙엽가에 날려 버리네

뻘건색, 주황색, 노오란색
눈치 없는 몇몇 초록 잎까지

각자에게 허락된

추억 고이 안고

마지막 겨울바람만

기다리네…

길거리 데이터

오늘처럼 그리워진 날
집을 나가 봅니다

스스로를 가두어 버린
옛 길을 지나
가끔 마주치던 지하철역을 지나
나름 좋아했던 공원을 지나
옆 동네 향하는 도로 지나

집으로부터 멀리 달아날수록
추억의 와이파이는
점점 잡혀갑니다

찰나의 기억, 뜨거운 성장

걸리버

변하지 않았다
변하려고 하지도 않았다

그런데 웬일일까

주변 모든 것들이
변해 있었다

소인국에서 거인국으로 가듯이

세상 무너질 변화들로
빙 둘러싸여 있었다

추억은 바람에 날려

추억은 바람에 날려
까치를 지나고
나무를 지나고
학교를 지나고
산을 지나고
건물을 지나고

때론 비에 젖어
때론 구름에 탑승해
멀고도 먼 여기까지 찾아온다

빈손으로 보낼 수 없어
뭐라도 손에 쥐어 준다

너무 많이 준 걸까
추억에 정신 못 차리는 나

바람 오페라

바람이 덮친다

어디서 온 바람인지

어떤 사연
어떤 기억
품고 왔는지 모르지만

살랑살랑 흔들리는
풀꽃을 보니

마치 한 편의
웅장한 오페라 같다

따뜻한 바람 만날 때는

누군가의 좋은 추억을
나도 느끼는 것 같아 행복하다

차가운 바람 불어올 때는

누군가의 아픈 상처
공감되어 눈물이 난다

나의 바람은 무엇인지
어디로 불지는 아직 모르지만

누군가의 볼을 따뜻이
감싸 주는 바람이 되고 싶다

지하 탐사대

오래된 기억들을
하나둘 끄집어낸다

잘 안 잡힐 때도 있고
한 번에 여러 개가 몽땅 나올 때도 있다

내가 쌓아 올린 땅이
얼마나 깊은지
얼마나 비옥한지
얼마나 두꺼운지
알 수 없지만

힘을 다해
뚫어 본다

유통 기한

이미 지나 버린
기억의 유통 기한

축복일까 고통일까

이미 져 버린, 빛바랜 추억인데

잊고 싶지도
간직하고 싶지도 않은
그저 그런 과거일 뿐인데

겁나서 버리진 못하고
가슴 한구석에 묻어 둔다

유통 기한이 지나고
상하고 썩어도
계속 담아 둔다

서랍 정리

오랜만에 마음속
서랍 정리를 한다

잃어버린 것도,
형광펜 칠하며
강조한 것도 있다

쓰레기부터 반지까지
참 다양하다

어떻게 정리해야
깔끔해질까

아니면 이대로
내버려 두는 게
자연의 섭리일까

또 고민하다

결국 잔뜩 어지럽힌 채

잠이 든다

묵비권

때론 힘들 때
아플 때

아무 말도 하지 않고

조용히 혼자 외로움에 젖어
슬픔을 만끽하는

그런 시간이 필요하다

넌 그런 권리를 누릴
자격이 충분하다

슬픔이란

이유 없는 슬픔도 있는데
어찌 슬퍼하지 않을 이유가 없겠는가

더 울고 싶어도 울지 않는 것은
눈물이란 고귀한 선물을
몰라서가 아니라

떨어진 눈물에 적셔질
오늘 하루가 가여워서

고된 고민보다
쉬운 슬픔을 선택했던 것은
부끄럽게도
생각 때문에 운 적이 많아서

이리저리 더럽혀진 슬픔이란 감정은
오늘도 내 가슴에 꼭 붙어
날 호위해 준다

체포 영장

금세 지나간 시간

생각할 틈도 없이 도망간 것

추적하고 추적해도
행방조차 알 수 없다

단서가 되지 않을까
지도가 되진 않을까

이미 저 버린 해와
이미 떠 버린 달을
번갈아 바라본다

멀면서 가까운 어둠을
찾아 헤매는 건 바로 나였을까

그러면서도

새벽이 되면 해를 찾아 떠난다

바람

늘 아쉬웠고
언제나 밋밋했지만

시간이 날 보내 주고 나서야
진심을 느낄 수 있었다

그래서 더 당당히
나아가고

과거의 아픔에 얽매이지
않기로 했다

바람 소리가
귀를 스치지만

폭풍우는 아니라고 생각한다

내일의 희망을 표현하는

순수한 외침이겠지

나도 이제 바람을 따라
가볍게 날아갈 것이다

졸업 사진

졸업 사진을 보다가
졸업 사진을 찍는다

3년의 허락된 시간이
시한부 같은
다급함을 주었던가

헤어지고 찢겨질
인연들이

뭐가 그리 많은지

없어질 추억은
왜 그리 끈끈한지

사라질 지금 날들의
향을 맡으며 따라가면

막다른 골목에서
서로를 만날 수 있을까

한두 사람이 아닌
한 시대가
그리움의 대상이 되면

참 난처하다

어떻게 해 볼 수도 없는
짧고 굵은 밤

깜짝아

가끔 소스라치게 놀란다
우리의 성장이 느껴지면

그림자를 밟을 수 없듯
거울과의 가위바위보를
이길 수 없듯

영원한 평행선을
달리는 것 같다

그러다 한 번씩
바뀌고 변하고 성장한 것을
발견하면

마음 한구석이 아련해진다

그런 장난치지 말라며 타일러도

시간은 기억의 장난을

멈추지 않는다

경험자 우대

가장 낮은 곳을 경험한 사람은
내리막길쯤은 견딜 것이며

가장 아픈 것을 경험한 사람은
가벼운 정전기 따위
오히려 즐길 것이다

그리고

가장 낮은 곳에서
가장 아픈 것을 매일 경험하는 사람은

모든 방지 턱
무사히 뛰어넘은 것이다

가족

싸울 만큼 사랑했고
닳을 만큼 부딪혔다

더 이상의 접점이
없을 만큼 아름다웠고

이어질 만큼
풍성했다

독립선언문

피하던 바람에게
다가가고

맞기만 하던 비를
뿌리기도 하고

생각을 거두는 법도 배웠다

언젠가 다시 돌아올
폭풍우가 살짝
두렵지만

그때의 나는

조금은 두꺼운
옷을 입고 있을 것이다

일상이 되어 버린

남모르게 묻어 두려고 했던,
애써 숨기려 했던 것을 꺼내
바람에 날려 보낸다

더 많은 사람들이 보게
온 세상이 느끼게
과감히 날린다

가끔 길을 지나다가
아플 때면, 슬픔에 잠길 때면

조용한 밤에 눈물 훔친다
한밤 후회 없이 울고

아무 일 없단 듯
인사를 건네며

새로운 하루를 시작한다

초대장

마음을 돌려 봐요
삐뚤어진 채로 달콤한
말 모두 놓치면

그대만 손해니까요

파도에 겁먹지 말고
당당히 올라가
피서를 즐기세요

아름다운 하루
색 진한 물감으로
선율을 칠해 봐요

낭만 수프를 마시며
꿈의 향수를 뿌리고
감정을 나눠요

희망찬 영화가 펼쳐지고
행복한 원소들이
파티를 열 거예요

그러니
그대도 꼭 와 줘요

태양과 행성

© 김현우, 2023

초판 1쇄 발행 2023년 12월 14일

지은이   김현우
펴낸이   이기봉
편집   좋은땅 편집팀
펴낸곳   도서출판 좋은땅
주소   서울특별시 마포구 양화로12길 26 지월드빌딩 (서교동 395-7)
전화   02)374-8616~7
팩스   02)374-8614
이메일   gworldbook@naver.com
홈페이지   www.g-world.co.kr

ISBN   979-11-388-2586-3 (03810)